LE REVEIL D'EPIMENIDE,

COMEDIE EN TROIS ACTES.

Par M. POISSON.

Représentée pour la premiere fois, par les Comédiens François, le 7. Janvier 1735.

Le prix est de 24. sols.

A PARIS,

Chez LE BRETON, Quai des Augustins, au coin de la ruë Gist-le-Cœur, à la Fortune.

M. DCC. XXXV.

Avec Approbation & Privilege du Roi.

ACTEURS
du Prologue.

MELPOMENE.

THALIE.

La Scene est au bas du Mont-Parnasse.

LE REVEIL D'EPIMENIDE.

PROLOGUE.

MELPOMENE, THALIE.

THALIE.

Ah! Ah! par quel heureux hazard
Vous rencontrai-je ici, charmante Melpomêne?

MELPOMENE.

Au bas du sacré Mont qu'arrose l'Hyppocrêne,
Je venois rêver à l'écart:
Mais je dois préférer à cette rêverie
La conversation de l'aimable Thalie.

THALIE.

Hélas! mon entretien est, depuis quelque tems,
Des moins vifs, je l'avouë, & des moins amusants;
Je ne suis plus cette Thalie,
Le soûtien de la Comédie.
La plûpart de mes favoris,

Qui me voüoient autrefois leurs écrits,
Ont préféré le genre satyrique
Aux traits brillants de la Scene Comique :
Et bien loin d'employer ce qu'ils ont de talens
A conduire au Théatre une intrigue agréable,
Ou de produire une morale aimable,
Ils sont tous devenus lâches & mordicans ;
Et ces esprits fâcheux, nourris dans la satyre,
Aiment mieux offenser les gens,
Que chercher à les faire rire.

MELPOMENE.

Vous avez cependant aujourd'hui des Sujets,
Qui font de tems en tems les plaisirs de la Scene ;
Et dont les gens de goût ont été satisfaits.

THALIE.

Parlons plûtôt, divine Melpomêne,
De ceux, que dans votre art vous sçavez inspirer.
Vous animez si bien le beau feu de leur veine,
Que sur la Scene, en foule, on les vient admirer.
Sur-tout, il en est un, au printemps de son âge,
Qui fait déjà juger par ses essais,
Quels seront un jour ses progrès.
Ah ! que n'ai-je même avantage ?

MELPOMENE.

Chacun peut dans son genre acquerir du renom :
Il ne faut que trouver & du neuf & du bon.

THALIE.

Hé ! mais. . . . c'est là le difficile.

Ce n'eſt pas tout ençor que trouver du nouveau ;
Il faut de l'intérêt, du vif, du bon, du beau,
Du leger, du galant, du noble dans le ſtyle ;
Que chaque caractére ait ſon but, ſon mobile ;
Et que le tout enfin repréſente un Tableau,
Où rien ne paroiſſe inutile.

MELPOMENE.

Je croyois à la vérité,
Plus ſimple, plus aiſé, votre genre d'écrire.
Je n'imaginois pas que pour faire un peu rire
Il falut tant de ſoins, tant de difficulté ;
Et que pour une Comédie....

THALIE.

Faites-en une, je vous prie ;
Et laiſſant à l'écart ce Poignard effrayant,
Mettez ſur votre nés mon maſque, un ſeul moment :
Vous auriez, je crois, peine à vous tirer d'affaire ?

MELPOMENE.

Ne changeons point de caractére ;
Nous y perdrions toutes deux.

THALIE.

Pourquoi ? la choſe pourroit plaire :
Ce changement paroîtroit curieux ;
Et quoiqu'un tel projet ſoit des plus chimériques,
Il n'auroit rien de trop défectueux :
Si non qu'on pleureroit aux Ouvrages Comiques,

Et qu'on riroit aux sérieux.
Cela revient toûjours au méme, ce me semble ?

MELPOMENE.

Faisons mieux. Lions-nous ensemble ;
Et cherchons quelque nouveauté,
Quelque Sujet que l'on n'ait point traité.
Dans le dessein que je propose,
Je veux entrer de quelque chose,
Et travailler avec vous de concert.
Le Champ nous est également ouvert.
On ne voit pas toûjours en fureur Melpomêne ;
Et je ne prétends point ensanglanter la Scene.
Imaginons quelque Sujet heureux ;
A l'Histoire joignons la Fable....
Ah ! j'en trouve un merveilleux.
Offrons aux yeux de tous ce mortel admirable,
Ce Philosophe vertueux,
Qui, par l'ordre des Destinées,
Dormit pendant quarante années,
Et crut, à son reveil, n'avoir dormi qu'un jour.

THALIE.

Ce Sujet me plaît fort.

MELPOMENE.

Il sera patétique.

THALIE.

J'aurai soin d'y mêler quelqu'intérêt d'Amour.

MELPOMENE.

Avec délicatesse, il faudra qu'il s'explique.
Il faut que cette passion
Eclate par gradation;
Qu'un peu de jalousie ensuite l'assaisonne;
Et que par des transports.. ah! quel plaisir de voir
Un Amant agité réduit au désespoir;
Et que dans les fureurs, où son cœur s'abandonne,
Se plongeant une Epée....

THALIE.

Ah! ne tuons personne.
Le feu qui vous emporte iroit un peu trop loin;
De ce tragique-là nous n'avons pas besoin.

MELPOMENE.

La passion m'entraîne un peu trop, je l'avoue.

THALIE.

Songez que le Comique est l'emploi que je joue:
Et vos fureurs, en vérité,
Iroient mal avec ma gayeté.

MELPOMENE.

Dissipez une crainte vaine.
Allons donc achever ce dessein concerté.
Ce ne peut être pour la Scene
Qu'une agréable nouveauté,
D'y voir d'un même accord Thalie & Melpomène.

Fin du Prologue.

ACTEURS.

EPIMENIDE, Philoſophe.

MISIS, Fille d'Epiménide.

CLHOE', Fille de Miſis.

MELITE, Couſine de Clhoé.

LEONIDE, Amant de Clhoé.

GNATON, Amoureux de Clhoé.

DAVE, Eſclave de Léonide.

STRATON, Vieux Eſclave d'Epiménide.

Pluſieurs Eſclaves de la ſuite de Gnaton.

La Scene eſt aux Portes de Gnoſſe, Ville principale de l'Iſle de Créte.

LE REVEIL D'EPIMENIDE,

COMEDIE.

ACTE PREMIER.

SCENE PREMIERE.

LE'ONIDE, DAVE.

LE'ONIDE.

UI pourroit supporter l'état où je me trouve ?
La mort n'est rien au prix du destin que j'éprouve.
Ciel ! quel rêvers ! Hé quoi ! passer en un moment,

De la plus vive joye au plus affreux tourment ;
Après un sort si doux trouver mille supplices ;
Se voir précipité du comble des délices !
Fortune, Amour, Destin, ne vous unissez-vous,
Que pour percer mon cœur des plus sensibles coups ?

DAVE.

Quel chagrin vous agite ? Et pourquoi donc, Seigneur,
Sortir de chez Misis avec tant de fureur ?

LE'ONIDE.

Ah ! Dave, je suis mort.

DAVE.

Comment ?

LE'ONIDE.

Qu'on est à plaindre,
Quand on brûle d'un feu que l'on ne peut éteindre ?

DAVE *à part.*

Je prévois qu'à l'amour dont il est agité,
Il sera survenu quelque fatalité.

à Léonide.

Ne pourroit-on sçavoir ?....

LE'ONIDE.

Apprends ma destinée :
Il faut fuir de ces lieux, & dès cette journée.

DAVE.

Et pourquoi donc ?

LE'ONIDE.

Clhoé vient de me déclarer,
Qu'à ne la plus revoir il faut me préparer :
Mais ce qui met le comble à mon malheur extrême . . . . .
(Ah ! plus j'y pense, & plus je suis hors de moi-même,)
C'est qu'en m'interdisant pour jamais ce séjour,
Elle m'apprend qu'elle est sensible à mon amour.

DAVE.

Quelle raison a-t-elle ?

LE'ONIDE.

Elle veut me la taire ;
Et je ne puis percer ce funeste mystere.

DAVE.

Cette façon d'agir ne se peut concevoir,
Elle vous aime, & veut ne jamais vous revoir ;
Voilà qui me révolte, & qui me met contr'elle
Dans un courroux..... ma foi, je quitterois la belle ;

Et je la quitterois, pour n'y jamais penser.

LE'ONIDE.

Ne crois pas que mon cœur y puisse renoncer.
A travers les tourmens qui déchirent mon ame,
Mon amour ne sçauroit lui donner aucun blâme.
J'admire de son cœur l'aimable pureté,
Qui ne la quitte point dans son adversité;
Elle sent son état, connoît mon infortune,
Sçait que notre misere, en un mot, est commune;
Et d'être unis un jour ne voyant nul espoir,
Elle veut que l'amour obéisse au devoir.

DAVE.

Il est vrai que Clhoé de biens est dépourvûë;
En l'aimant, c'est aimer la vertu toute nuë:
Sa mere cependant étoit riche jadis;
Mais par des envieux ses biens ont été pris.
Fille d'Epiménide, elle n'étoit pas née,
La pauvre Dame, helas! pour être infortunée.
S'il alloit revenir au bout de quarante ans,
Il trouveroit ici des changemens bien grands,
L'oracle avoit, dit-on, prédit que sa patrie
Pourroit bien quelque jour le revoir plein de vie;
J'y vois peu d'apparence, à ne vous point mentir:
Mais, Seigneur Léonide, avant que de partir,
J'irois trouver Misis. C'est une brave mere,
Je lui découvrirois de Clhoé le mystere;
Je lui déclarerois que de sa fille épris
Depuis long-temps.....

LE'ONIDE.

Allons, le conseil en est pris.

DAVE.

Puiſque vous approuvez le conſeil que je donne,
Et que vous raiſonnez ainſi que je raiſonne,
A votre oncle Nicandre, aujourd'hui ſans façon,
Je ne cacherois rien.

LE'ONIDE.

Non.

DAVE.

Il eſt ſage, & bon;
Et quoi qu'ainſi que vous il ſoit dans la miſére,
Dans la ville de Gnoſſe on l'aime, on le revére;
Et ce vieux Magiſtrat....

LE'ONIDE.

Il lui faut obéir.

DAVE.

Vous le verrez, ou non; c'eſt à vous de choiſir.

LE'ONIDE *ſortant de ſes réflexions.*

De qui me parles-tu?

DAVE.

De votre oncle: & je gage.....

LE'ONIDE.

Qu'ont de commun ici mon oncle & mon voyage?
As-tu perdu l'esprit?

DAVE.

A ce que je prévoi,
De mes conseils donnés.....

LE'ONIDE.

Hé! malheureux, tais-toi;
Je n'ai point prétendu t'avoir à mon service,
Pour prendre tes conseils.

DAVE.

Quel étrange caprice!

LE'ONIDE.

Je ne balance plus, il faut partir d'ici.

DAVE.

Eh! bien, Seigneur, partons; je suis tout prêt aussi;
Gagnons le Port prochain; allons mettre à la voile,
Cela fera changer peut-être notre étoile;
Voguons; cherchons ailleurs de plus heureux climats:
Partout où vous irez; j'accompagne vos pas.
L'amour ne cause ici que troubles, que traverses:
Allons servir à Sparte; allons contre les Perses;
Que notre désespoir leur devienne fatal....

Les Perses, cependant, ne nous font point de mal.

LE'ONIDE.

Clhoé m'aime, & je pars, pour jamais je la quitte!
Cet ordre rigoureux rend mon ame interdite;
Quoi, ne la plus revoir! Que plûtôt le trépas!...
Je ne partirai point.....

DAVE.

Et bien, ne partons pas.

LE'ONIDE.

Mais en me déclarant aujourd'hui sa tendresse,
Elle m'a fait jurer de tenir ma promesse,
De régler mes désirs sur tous ses sentimens,
D'obéir en aveugle à ses commandemens:
Si je ne les remplis, je deviens un parjure;
Ne m'y pas conformer, c'est lui faire une injure;
Aux arrêts de son cœur le mien doit consentir;
Que faut-il faire? O ciel!

DAVE.

Allons, il faut partir.

LE'ONIDE.

Otes-toi de mes yeux, si tu n'as à me dire
Autre chose.

DAVE.

Tout doux, Seigneur; je me retire.

A part.

Il ne veut point partir ; il veut partir après ;
Il ne partira point ; & je le parirois.

SCENE II.

EPIMENIDE, LE'ONIDE, DAVE,

EPIMENIDE *à Dave.*

FAites-moi le plaisir de m'enseigner la route de Gnosse.

DAVE.

Apparemment que vous ne voyez goute.

EPIMENIDE *à Léonide.*

Souffrez qu'un étranger jusqu'alors incertain
De la route de Gnosse....

LE'ONIDE.

En voici le chemin ;
Et vous voyez la Ville.

EPIMENIDE.

O Ciel ! c'est Gnosse ? Où suis-je ?
Que d'objets inconnus !... tout me semble un Prodige.

LE'ONIDE.

LE'ONIDE.

A part.
Oüi, quoiqu'elle m'impose une si dure Loi,
A Dave.
Je remplirai ses voeux. Allons, Dave, suis-moi.

SCENE III.

EPIMENIDE *seul.*

REvois-je bien le jour qui m'éclaire & me guide?
Dormai-je encor? Veillai-je? Et suis-je Epiménide?
Dans le sommeil ici mes sens étoient plongés.
Comment depuis hier ces lieux sont-ils changés?
Je n'y reconnois rien que la Caverne obscure
Où j'ai pris le repos. Quelle est cette avanture?
Jupiter, des Crétois Souverain Protecteur,
Daigne ôter le bandeau qui cause mon erreur.
Je vois venir ici, du fond de ces Chaumieres,
Deux femmes, qu'aux habits je dois croire étrangeres.
Il faut, pour me conduire, emprunter leur secours.
Mais avant de les joindre, écoutons leurs discours,
Ils pourront m'éclaircir ce mystére, peut-être.
J'hésite, dans mon trouble, à me faire connoître.

SCENE IV.

CLHOE', MELITE.

MELITE.

OUi, votre noir chagrin m'ôte mon enjoûment.

CLHOE'.

Ah! Mélite, sortons du logis un moment;
Je n'y sçaurois rester; tout y blesse ma vûë,
Et ne fait qu'augmenter la douleur qui me tuë.

MELITE.

Quel seroit le sujet du trouble où je vous voi?
Ah! ma chere Clhoé, confiez-vous à moi.
Nous sommes par le sang & l'amitié liées;
Dans nos peines aussi soyons associées.
Il est certains soucis de filles, entre-nous,
Dont l'aveu quelquefois est d'un secours bien doux.
A votre affliction je ne puis rien comprendre.
A de nouveaux malheurs devons-nous nous attendre?
De grace, expliquez-vous.

CLHOE'.

Non; ce n'est que mon cœur
Qui doit s'abandonner à toute sa douleur.
Je suis la seule à plaindre; & le Destin barbare

Contre moi ſeulement aujourd'hui ſe déclare.

MELITE.

Que veut dire ceci ? Par ce premier aveu
Je pourrois pénétrer .... Oüi je pénétre un peu.
Vous allez ſoûpirer ?

CLHOÉ.

Hélas !

MELITE.

La choſe eſt claire.
Je ſuis préſentement au fait de votre affaire.
Avouons tout, pendant que nous ſommes en train.
Rien ne ſoulage plus qu'un ſecret hors du ſein.
Pour éviter de prendre un détour inutile,
L'amour, de tout ceci n'eſt-il pas le mobile ?
Le cœur, ſans biaiſer, entre nous doit agir.
Ah ! Clhoé, vous aimez !

CLHOÉ.

Je n'en dois point rougir.
Celui pour qui mon ame en ſecret s'intereſſe,
Joint au ſang dont il ſort, la vertu, la ſageſſe.
Senſible à nos malheurs, ſoûmis, reſpectueux,
Son cœur, pour s'expliquer, n'emprunta que ſes yeux.
Les miens ont évité d'être d'intelligence ;
Sur tous mes ſentimens j'ai gardé le ſilence :
Et pour que tout vous ſoit franchement révélé,
Ce n'eſt que d'aujourd'hui que mon cœur a parlé.

MELITE.

Le nom de cet Amant, si vertueux, si tendre,
Sans doute est Léonide ? On ne peut s'y méprendre.
J'en avois un soupçon; je ne vous cache rien:
Mais jusques à présent tout ceci va fort bien,
Et je ne trouve encor rien là qui soit funeste.

CLHOE'.

Helas! ce n'est pas tout.

MELITE.

Venons donc vîte au reste.

CLHOE'.

Ma mere, lasse enfin de nos communs malheurs,
Dont vous-même avec nous partagez les rigueurs,
N'ayant d'autres désirs que de me voir contente,
Et sçachant de Gnaton la fortune éclatante,
Vient de m'apprendre.... O Ciel! qu'il demande ma main,
Et que je me dispose à l'épouser demain.

MELITE.

Ah! ah! ceci commence à devenir tragique.
La nouvelle m'accable, & me rend léthargique.
Et que va devenir ce malheureux Amant?

CLHOÉ.

Je ne le verrai plus : il est parti.

MELITE.

Comment ?
Il est parti ?

CLHOÉ.

Tantôt dans ma douleur extrême,
A s'éloigner d'ici je l'ai porté moi-même,
Sans lui rien découvrir des motifs trop cruels
Qui causoient en ce jour nos adieux éternels,
De crainte qu'emporté par quelque violence,
Il ne vînt à donner de nos feux connoissance :
Et pendant que mes pleurs obscurcissoient mes yeux,
Pénétré de douleur, il a quitté ces lieux.

MELITE.

Clhoé, votre conduite est un peu trop sévére.
Hé quoi ? ne pouviez-vous engager votre mere,
Observant le respect que vous devez avoir,
D'attendre quelque tems encore à vous pourvoir ?
Sans manquer aux égards, aux droits, aux bienséances,
Vous pouviez faire alors vos humbles remontrances.
On tâche au moins d'avoir quelques jours devant soi.
A quoi songiez-vous donc ? A votre place, moi,
Quoique je ne sois pas plus habile qu'un autre,

Mon amour auroit eu plus d'esprit que le vôtre.

CLHOE'.

Accablée & saisie, en cette occasion,
Hélas! je n'ai songé qu'à la soûmission.

MELITE.

Ne perdons point courage. Employons la journée
A rompre ou différer ce fâcheux hymenée.
Votre sort m'interesse; & ma tendre amitié,
De votre triste état me fait avoir pitié.
Il faudroit cependant rappeller Léonide.

CLHOE'.

Le rappeller!

MELITE.

Eh oui. Que vous êtes timide!

CLHOE'.

Où le trouver? O Ciel!

MELITE.

Je ne puis vous nier
Que votre promptitude à le congédier
Ne sçauroit se comprendre.

CLHOE'.

Ah! ma chère Melite,

Hélas ! je ne suis pas à regretter sa fuite.

MELITE.

Pour épouser Gnaton, il est riche, en effet ;
Mais, ma chere Clhoé, quel homme ! & qu'il est laid !
Point de vice d'ailleurs ; aisément il s'enflâme.
Et n'a-t-il pas voulu me prendre aussi pour femme ?
Il m'a rendu des soins ; mais ils durérent peu :
Et j'ai toûjours traité ces soins là comme un jeu.
Mais laissons ce sujet. Ce que je puis vous dire,
C'est qu'un secret espoir ici vient me séduire.
Peut-être de Gnaton fléchirons-nous le cœur ;
Tâchons d'en obtenir un délai par douceur.
Le parti qu'on doit prendre avec lui, c'est de feindre :
Il est riche, puissant, & l'on en peut tout craindre.
Ainsi que fit son pere, il se fait redouter ;
Et le peu qui nous reste, il pourroit nous l'ôter.

CLHOE'.

Dans les troubles de Gnosse il est vrai que son pere
Fut un de ces Tyrans qui font notre misére.

MELITE.

Dans ces réflexions n'allons point nous plonger :
Elles ne serviroient qu'à nous plus affliger.

CLHOE'.

Oui, vous avez raison.

MELITE.

Ce qui vous reste à faire,
C'est de vous expliquer tantôt à votre mere :
Elle n'est point injuste, & vous écoutera.
Embrassez ses genoux, elle s'attendrira.
Et moi, sans qu'il paroisse aucune intelligence,
J'irai vous seconder de toute ma puissance.

SCENE V.

EPIMENIDE, CLHOE', MELITE.

EPIMENIDE *à part.*

JE suis, je l'avoüerai, touché pour toutes deux:
Elles mériteroient d'avoir un sort heureux.

MELITE.

Un homme vient à nous. Sa mine est remarquable;
Et son grave maintien .....

CLHOE'.

Il a l'air respectable.

EPIMENIDE.

O Ciel!

MELITE.

Il porte ici les yeux de toutes parts;

Et

Et ſemble ne ſçavoir où fixer ſes regards.

EPIMENIDE.

Ma démarche vers vous eſt peut-être incivile ?
Mais, je vous prie, avant que j'entre dans la Ville .....

MELITE.

Vous êtes Etranger, à ce qu'il me paroît

EPIMENIDE *ſurpris.*

Etranger ? Oui.

MELITE.

Je crois qu'il ne ſçait ce qu'il eſt.

EPIMENIDE.

Où demeure Ariſton ? Me le pourriez-vous dire ?
C'eſt un des principaux de Gnoſſe.

MELITE.

Il prétend rire.

EPIMENIDE.

Je dois mettre en ſes mains des lettres de crédit....

MELITE.

Bon, il eſt mort.

EPIMENIDE.

Comment ? c'est donc de cette nuit ?

MELITE.

A peu-près. C'est depuis vingt - cinq ou trente
années,
L'une & l'autre en ce tems n'étions pas encor
nées.

EPIMENIDE.

Ceci confond mes sens, & trouble ma raison.
Et Nicandre ? est-il mort ?

MELITE.

Oh ! pour celui-là, non :
Mais il est si vieux.....

EPIMENIDE.

Vieux !

MELITE.

Mais il semble à l'entendre,
Que tout ce qu'on lui dit ait lieu de le surprendre,
On connoît aisément à vos étonnemens,
Que vous n'êtes ici venu de fort long-tems.

EPIMENIDE.

Ciel ! je vous avourai que tout ceci m'étonne,
Hier, en cet endroit je n'apperçûs personne,

Ces lieux me paroissoient n'être point fréquentés,
Par quel enchantement les trouvai-je habités ?

MELITE.

Que penser, dites-moi, d'un semblable langage ?
Vous & moi, nous rêvons ; ou bien il n'est pas sage.

EPIMENIDE.

Quand je fus en ce lieu par le sommeil pressé,
Aucun chemin alors ne se voyoit tracé,
Un fleuve assez rapide arrosoit la prairie,
La source, en une nuit en est-elle tarie ?
Il ne s'offre à mes yeux que des objets nouveaux ;
Tous ces chênes, hier, étoient des arbrisseaux :
O spectacle étonnant ! Merveille singuliere !

MELITE.

Vous verrez qu'ils seront crûs de la nuit derniere.

EPIMENIDE.

Leur surprise, la mienne, & tout ce que je vois,
Accable ma raison, & m'interdit la voix ;
Ciel ! que dois-je penser de mon erreur extrême,
S'il faut que je m'informe aujourd'hui de moi-même ?
Non, implorons plûtôt la puissance des Dieux,
J'ai moi-même établi leur culte dans ces lieux,
Ce doit m'être un garand de leur bonté divine.

MELITE.

Mais ne peut-on sçavoir quelle est votre origine ?

D'où vous venez ?

EPIMENIDE.

Hélas ! daignez m'en dispenser.
Mon trouble... mon erreur... je ne puis prononcer.

MELITE.

Oh ! oh ! cet Etranger se trouve mal, sans doute !

à Epiménide.

Avant que vous preniez de la Ville la route,
Allez vous reposer à ce prochain logis.
Renommez-vous de nous, & demandez Misis.

EPIMENIDE.

Quoi ? la jeune Misis ?

MELITE.

Jeune ? Qu'allez-vous dire ?
Ce seroit vous mocquer.

EPIMENIDE.

J'y vais, & me retire.

SCENE VI.

GNATON, CLHOE', MELITE, ESCLAVES.

GNATON *à ses Esclaves.*

REtournez à la Ville, & recommandez bien,
Que pour presser la Fête, on ne néglige rien.

Les Esclaves s'en vont.

CLHOE'.

Ah! Ciel, voilà Gnaton.

MELITE.

Il est vrai; c'est lui-même.

GNATON.

Ah! bon jour. Vous voyez à quel point je vous aime.
Je hâte les apprêts du conjugal lien.
Vous allez posséder & mon cœur & mon bien.
J'avois passé chez-vous, pour conter à la mere
De notre Hymen futur l'appareil nécessaire:
Mais on m'a dit qu'au Temple elle est dès ce matin,
Elle y rend grace au Ciel de son heureux destin;
Tout ceci vous surprend, parlons avec franchise.

MELITE.

On ne peut exprimer jusqu'où va sa surprise.

GNATON.

Tant mieux. Je vous dirai que dans Gnosse je veux
Que pour ce grand Hymen, tout soit leste & pompeux.
Dès ce soir, tout sera préparé pour la Fête.

MELITE *à part.*

Hors Clhoé, qui pourroit n'être pas si-tôt prête.

GNATON.

Mille feux éclatants le long de nos remparts,
De tous nos habitans, surprendront les regards;
Cent chiffres lumineux sur chaque balustrade,
De mon riche Palais orneront la façade.

MELITE.

Mais pour de tels apprêts, il vous faut plus d'un mois?

GNATON.

Il ne me faut qu'une heure en remuant les doigts.
A l'égard du festin, d'avance je déclare,
Que tout ce que l'on peut s'imaginer de rare
Y sera mis sur table avec profusion.
Ne vous attendez pas à la description,
Vous aurez le plaisir entier de la surprise;
Il suffit seulement ici que je vous dise,

Que j'ai fait dépêcher des courriers différens,
Pour des ramiers en Chypre, & pour des ortolans;
Jusqu'au Pactole, enfin, pour des carpes dorées;
Et jusques à Paphos, pour des trufles marbrées.

MELITE.

Puisque les raretés ont pour vous tant d'appas,
Que ne preniez-vous femme aux plus lointains climats?
Seriez-vous le premier, qui d'une ame empressée,
Auroit fait de bien loin venir sa fiancée?

GNATON.

J'avois assez de bien pour en faire les frais;
Mais pourquoi chercher loin ce que l'on a si près?
D'où vient donc que Clhoé montre de la tristesse
Dans un jour qui devroit la remplir d'allégresse?
Je l'entends qui gémit, & soûpire tout bas.

MELITE.

Oh! tous ces soûpirs-là ne vous regardent pas.

GNATON.

Allons, de la gayeté, de la réjoüissance.

CLHOE'.

Monsieur, contentez-vous de mon obéïssance.

GNATON.

Ce compliment est froid, à parler franchement.

MELITE.

Hé! Comment se peut-il qu'elle parle autrement?
Dans sa façon d'agir je la trouve excusable :
Et je vous répondrois comme elle, en cas semblable.
Sa mere vous reçoit pour être son époux,
Sans sçavoir si son cœur a du panchant pour vous.

GNATON.

Comment? Clhoé seroit à mes feux insensible?
Point de panchant pour moi? cela n'est pas possible.

MELITE.

Son inclination, il est vrai, peut venir.
Mais ne deviez-vous pas, avant de vous unir,
Lui rendre quelques soins? la tendresse l'exige.
Le véritable amour ne veut pas qu'on néglige
Le moindre des devoirs & des attentions,
Que demandent toûjours les belles passions.
Avant que d'éclater, on met tout en usage.
Si la bouche se taît, les yeux ont leur langage :
On donne quelquefois l'essor à des soûpirs;
On s'étudie à plaire; on prévient les desirs;
On s'applique aux égards; on a des complaisances.
Ainsi de jour en jour croissent les espérances;
Et l'on arrive enfin au moment fortuné
Où l'on voit par l'Hymen son amour couronné.
N'est-il pas fort plaisant que j'apprenne moi-même,
Qui n'ai jamais aimé, comme il faut que l'on aime?

GNATON.

Aime ainsi qui voudra : Ce n'est point-là mon fait.
Etant riche, doit-on filer l'amour parfait ?
Une fille qui plaît, & qui n'est pas pourvûë,
Est ainsi qu'un Billet qu'on doit payer à vûë.
Des soûpirs, des égards, des respects, de l'amour.
Tout cela, selon moi, se doit faire en un jour.
Et je soûtiens, malgré l'excès de votre zele,
Que la galanterie en est cent fois plus belle.
Je vous vois prévenuë un peu contre mes feux ;
Et j'en sçai la raison. Vous en jugez par ceux
Que j'ai sentis pour vous, qui n'étoient, à vrai dire,
Qu'un feu folet, qu'un feu qui n'étoit que pour rire.
Enfin, ce n'étoit pas amour....

MELITE.

De Courtisan.

GNATON.

Pas tout-à fait. C'étoit....

MELITE.

Amour de Partisan.

GNATON.

Tout comme il vous plaira. Ce que je puis connoître,
C'est qu'on ne peut jurer de son cœur être maître.

Clhoé, de me fixer, a trouvé le moyen.
Qu'elle en est la raison? Ma foi, je n'en sçai rien.

MELITE.

Voulez-vous lui plaire?

GNATON.

Oui.

MELITE.

Faites, de l'Hyménée
Pour quelque tems encor reculer la journée.

GNATON.

Bon! Pourquoi reculer?

MELITE.

Pourquoi? Pour son honneur.
Tenez; des nœuds si prompts sont toute sa douleur.
Elle craint de donner prise à la médisance.
S'il vous faut là-dessus dire ce que je pense,
Un Hymen qui se fait si précipitamment,
A moins l'air d'un Hymen que d'un enlevement.

GNATON.

Mais d'un pareil délai que penseroit sa Mere?
Et d'un autre côté, s'il faut que je differe,
Mon ardeur s'éteindra peut-être; & vous verrez
Que pour un autre objet....

CLHOE'.

Hé ! Monsieur, différez :
Vous me ferez plaisir.

MELITE.

Vous l'entendez vous-même.
Sa façon de prier vous fait bien voir qu'elle aime.
Ce ne sont que les bruits qu'elle craint.

GNATON.

Soit. Hé bien,
Marions nous ce soir, sans qu'on en sçache rien,
Incognito. Plaît-il ?

CLHOE'.

Ciel ! que viens-je d'entendre ?

MELITE.

A cet expédient je n'aurois pû m'attendre.

GNATON *voyant Dave.*

Ainsi nous préviendrons.... Quel est ce curieux ?

SCENE VII.

GNATON, CLHOE', MELITE, DAVE.

GNATON.

A Qui donc, je te prie, en veux tu dans ces lieux?

MELITE *à Clhoé.*

Ah! c'est Dave qui vient de la part de son Maître;
Il n'en faut point douter.

DAVE *tenant une lettre, & la resserrant.*

Dans ce séjour champêtre
Je venois prendre l'air.

GNATON.

Va le prendre autre part.

MELITE *à Clhoé.*

Allez avec Gnaton; emmenez-le à l'écart,
Pour qu'en secret je parle à Dave.

CLHOE'.

Quelle peine!

GNATON.

Quoi ! Je te trouve encor ?

DAVE.

Parbleu, je me promene.

GNATON.

Ce drôle me paroît être bien résolu.

DAVE.

Voilà, je puis le dire, un homme assez bourru.

MELITE *à Clhoé.*

Je voudrois lui parler, & ne sçai comment faire.

GNATON.

Mais ici que fais-tu ?

DAVE.

Ce n'est point votre affaire,

J'y suis dans mon poste.

GNATON.

Oüais !

CLHOE'.

Ah ! Melite je crains...

DAVE.

Je ſuis ici payé pour garder les chemins.

GNATON.

Pour garder les chemins ? ceci paroît comique.
Et par l'ordre de qui ?

DAVE.

Mais.... de la République.

MELITE.

Laiſſons cet importun : auſſi bien à préſent
Eſt-il tems de rentrer ; & Miſis nous attend.

GNATON *prenant le bras de Clhoé.*

Venez, que je vous jure un feu toûjours durable :
Par là, je vous rendrai le chemin agréable.

SCENE VIII.

MELITE, DAVE.

DAVE.

La voilà qui s'en va. Quel diable d'embarras !
Quel signe me fait-elle ? il faut suivre ses pas.

MELITE.

Arrête. Donne-moi la lettre de ton Maître.

DAVE.

Excusez-moi. J'ai bien l'honneur de vous connoître :
Mais ce n'est qu'à Clhoé que je dois la porter.
C'est l'ordre de mon Maître ; il faut l'exécuter.

MELITE.

Arrête ; écoute donc. Ne sçaurois-tu comprendre
Que Clhoé te faisoit signe de me la rendre ?

DAVE.

Mais je dois lui parler, lui faire le récit
De l'état déplorable où l'amour le réduit.

MELITE.

Va, va, je lui ferai ce récit à ta place.

DAVE.

Ce récit, dans ma bouche auroit meilleure grace.
Par moi-méme on verroit la douleur qu'il ressent....

MELITE.

Un valet pitoyable est impatientant.
Donne-moi cette lettre, & va trouver ton Maître:
Dis-lui que son destin pourra changer, peut-être;
Qu'au lieu de s'affliger, il prenne quelque espoir;
Qu'il ne s'en aille point; que Clhoé veut le voir;
Et qu'il vienne au plus vîte.

DAVE.

Oh! oh! c'est autre chose;
En lui ceci va faire une métamorphose.

MELITE.

En quel endroit est-il?

DAVE.

A deux milles d'ici.
Il alloit s'embarquer, je m'embarquois aussi....
Et....

MELITE.

Je n'ai pas besoin d'en sçavoir davantage.
Qu'il revienne; & va t'en.

SCENE IX.

DAVE *seul.*

VOlons vers le Rivage.
Quel retour pour mon Maître ! & quel raviſſement !
Tantôt il attaquoit dans ſon emportement
Sans ceſſe les Deſtins, l'Amour, & la Fortune.
Des amans maltraités c'eſt la plainte commune.
Je vais crier, courant au-devant de ſes pas,
Deſtin, Fortune, Amour, nous ne partirons pas.

Fin du premier Acte.

ACTE II.

SCENE PREMIERE.

EPIMENIDE, STRATON.

STRATON.

VOILA donc ce retour qu'avoit prédit l'Oracle ?
Ah ! Seigneur, quel ſommeil ! ou plûtôt, quel miracle !
Vos traits n'ont point vieilli. Quoi ? pendant quarante ans
Ils ont été ſauvés des outrages du tems ?
Mon cœur, plus que mes yeux, a ſçû vous reconnoître.
Epiménide ! ô Ciel ! Quoi, je revois mon Maître ?
Je ne puis me laſſer d'embraſſer vos genoux.

Il ſe jette à ſes pieds.

Souffrez que je me livre à des tranſports ſi doux.

EPIMENIDE.

Charmé de retrouver un ſerviteur fidéle,
Je vois avec plaiſir les marques de ton zéle ;
Mais avant que quelqu'un paroiſſe dans ces lieux,

Et que j'aille m'offrir encore à tous les yeux,
Apprends-moi, cher Straton, le sort de ma famille.

STRATON.

Hélas! vous n'avez plus que Misis votre fille;
Elle avoit épousé Miltiade; & la mort
Depuis près de vingt ans a terminé son sort.
Du fruit de cet Hymen une fille est restée,
Dont Misis est chérie autant que respectée:
Elle adoucit ses maux & son affliction:
C'est de sa mere, enfin, la consolation.

EPIMENIDE.

Ah! ma chere Misis! J'allois entrer chez elle,
Quand je t'ai rencontré.

STRATON.

Pleine d'un pieux zéle
C'est à prier les Dieux qu'elle passe ses jours.

EPIMENIDE.

Puissent-ils adoucir le reste de leur cours!
Je n'ose l'espérer. Quand le Ciel me conserve,
J'ignore à quel destin son pouvoir me réserve;
Je ne puis revenir de mon étonnement.
Quarante ans de sommeil! Ciel! quel évenement!
Qu'il fait naître en mon cœur de troubles & d'alarmes!
Je ne revois le jour que pour verser des larmes:
Et quoique la clarté soit renduë à mes yeux,
Je ne sçai si je dois en rendre grace aux Dieux.
Où vais-je? En une Ville, où, depuis mon absence,

Tout, hélas ! a changé de face & d'existence.
Que puis-je y retrouver ? que quelques habitans,
Qui, la plûpart alors, étoient encore enfans ;
Qui, sans doute, suivant des maximes contraires,
N'auront pas hérité des vertus de leurs peres ?
Ils ne seront pour moi que de tristes objets.
Gnosse ne peut m'offrir que douleurs & regrets ;
Mes amis ne sont plus ! ô ma chere Patrie !
Que vous causez de maux à mon ame attendrie !
Et vous, grands Dieux ! témoins de mon état cruel,
Que ne me laissiez-vous un sommeil éternel !

STRATON.

Vous ne vous trompez point, Gnosse n'est plus la même.
Votre absence a causé ce changement extrême.
Pour éviter les maux qui nous ont fait gémir,
Tout ce tems avec vous nous aurions dû dormir ;
Où le sort vous tirant d'une obscure demeure,
Devoit vous réveiller un peu de meilleure heure.

Il montre la caverne.

EPIMENIDE.

Mais n'est-ce pas toûjours même gouvernement ?
Et n'observe-t-on pas mêmes loix ? ....

STRATON.

Nullement.
Tous ceux qui de vos loix auroient suivi la trace,
Ont successivement été mis hors de place ;
Et chaque nouveau Chef, par le gain excité,
N'a fait agir ses droits & son autorité,
Que pour nous rendre tous malheureuses victimes

Et pour s'approprier des biens illégitimes.

EPIMENIDE.

Quoi ? ne vivent-ils plus dans la crainte des Dieux?
Et pour eux le respect....

STRATON.

Il ne va guére mieux.
Et l'on songe plûtôt, gâté par les exemples,
Au faste des Palais, qu'à la gloire des Temples.

EPIMENIDE.

Quels changemens ! ô Ciel ! & quels déréglemens,
Ne reste-t-il aucun des sages de mon tems ?
Il en étoit beaucoup, dignes par leurs maximes,
De remplir tôt ou tard les rangs les plus sublimes.

STRATON.

Il en reste, il est vrai, quelques-uns parmi nous ;
Mais ils ont beau parler, ils sont traités de foux.

EPIMENIDE.

Par qui ?

STRATON.

Par la plûpart des Grands & du vulgaire,
Et par le sexe aussi qui ne se contraint guére.

EPIMENIDE.

Les femmes autrefois pensoient différemment,
Se modéroient en tout, agissoient prudemment;

Dans leur devoir, enfin, chacune maintenuë,
N'avoit que la vertu, que la sagesse en vûë;
Et leur fidélité surtout faisoit.....

STRATON.

Croyez
Que tout a bien changé pendant que vous dormiez.

EPIMENIDE.

Je n'ai donc plus dans Gnosse aucune connoissance?

STRATON.

Vous en trouverez peu, selon toute apparence,
Ceux qui vivent encor, sont de vieux citoyens,
Depuis long-tems aussi dépoüillés de leurs biens;
Comme Argis, Cléoméne, Aronce, Périandre;
Voilà tout à peu-près: & le pauvre Nicandre.

EPIMENIDE.

Nicandre vit encor? J'en rends graces aux Dieux.
Où puis-je le revoir?

STRATON.

Où? Dans ces mêmes lieux.
Tout auprès de Misis il a fait sa demeure:
Et même vous pourriez le revoir tout-à-l'heure.

EPIMENIDE.

Puisque Misis n'est pas encore de retour,
Il est très-important pour moi d'y faire un tour.
Si tôt que dans ce lieu tu la verras se rendre,

Reviens, ſans t'arrêter, m'avertir chez Nicandre.

STRATON.

Je n'y manquerai pas.

SCENE II.

STRATON *ſeul.*

Retour miraculeux !
Le Ciel a donc rendu notre Maître à nos vœux !
Que va dire Miſis, en le voyant paroître ?
Ses yeux facilement pourront le reconnoître;
Car, lorſqu'il diſparut, elle avoit bien quinze ans:
Et lui n'a point changé pendant un ſi long-tems.
Mais pour notre fortune, il faudra qu'elle change;
Ce retour à plus d'un pourra paroître étrange.
Il ſera des plus durs pour certains citoyens;
Ceux qui d'Epiménide ont enlevé les biens.
Auront, je le prévois, de vieux comptes à faire.
Il faudra rendre, enfin, cela ne plaira guére
A qui s'eſt enrichi par des véxations.
Que nous allons avoir de reſtitutions !
Celui que j'apperçois, & qui fait le capable,
Plus qu'aucun autre ici pourroit être comptable.

SCENE III.

GNATON, STRATON.

GNATON.

BOn-jour, pauvre Straton.

STRATON.

Bon-jour, Seigneur, bon-jour.

GNATON.

Dis-moi, mon cher, Mifis n'eſt donc pas de retour.

STRATON.

Il faut que quelque affaire à préſent la retienne;
Mais, ſi vous ſouhaitez, attendant qu'elle vienne,
Je vous ferai parler au Maître du logis.

GNATON.

Quel Maître! Que dis-tu?

STRATON.

Le Maître que je dis,
N'eſt pas connu de vous, ni ne vous connoît guére:
Mais

Mais il a fort connu feu Monsieur votre Pére.

GNATON.

Explique-toi.

STRATON.

Je vais m'expliquer sans détour.
Mon Maître Epiménide enfin revoit le jour.

GNATON.

Te môques-tu de moi?

STRATON.

Qui? moi? je sçai mieux vivre.

GNATON.

Il a perdu l'esprit, ou le coquin est yvre.

STRATON.

Ne vous allarmez point. En épousant Clhoé,
Vous ne serez pas tant de vos biens dénué.
Mon Maître Epiménide est juste & raisonnable;
Et les comptes pourront se faire l'amiable.
Mais je crois voir Misis. Adieu, Seigneur Gnaton.

SCENE IV.

GNATON *seul.*

QUe prétend dire ici ce vieux fou de Straton?
Epiménide vit! Discours imaginaires!
Au bout de quarante ans un mort ne revient guéres...
Mais quel pressentiment me vient inquiéter?
Auroit on des raisons pour le ressusciter?
Mon Pere fut Jadis chargé de ses affaires.
Voudroit-on rechercher? .... J'entrevois des mystéres....
Misis, Clhoé, Mélite, où je me trompe fort,
Et quelqu'autre peut-être avec elles d'accord,
Vont faire ici paroître un faux Epiménide,
Qui voudra de nouveau que le Sénat décide
Sur des biens, par mon Pére acquis selon la Loi,
Ausquels j'ai succédé, moi, de très-bonne foi.
Me disputer mes biens, lorsque je les partage,
En épousant Clhoé! Non, plus de mariage.
Ne perdons point de tems. Rassemblons le Sénat.
Mon intérêt s'accorde à celui de l'Etat.
Les Mécontens bien-tôt s'appuyant de l'oracle,
Voudroient tout renverser, & criroient au miracle.
Mais quelque soit le Fourbe, il faut s'en assûrer,
Avant qu'aux yeux du Peuple on ose le montrer.
Voici Misis; feignons.

SCENE V.

GNATON, MISIS, CLHOÉ.

GNATON.

ON a fait diligence ;
Et je vous attendois avec impatience.
Tout eſt prêt ; & je viens, pouſſé par mon amour,
Vous prier de conclure, & dans ce même jour :
Le plûtôt vaut le mieux.

MISIS.

Quoi ! dès cette journée ?
Je croyois que c'étoit pour demain l'Hyménée.

CLHOÉ.

De notre Hymen ainſi précipiter le tems,
Cela pourroit paroître étrange à bien des gens ;
Et Madame a raiſon d'en être un peu ſurpriſe.

GNATON.

A part.
Fort bien. Pourquoi vouloir que l'on s'en ſcandaliſe ?
Mais s'il étoit beſoin de garder le ſecret,
Là-deſſus, pour vous plaire, on peut être diſcret.
Je choiſirai d'amis un nombre raiſonnable,

Nous ne serons au plus que vingt ou trente à table.

CLHOE'

Ma mere voudra bien accorder à mes vœux
De différer l'Hymen encore un jour ou deux.

MISIS *rêvant.*

Différer de deux jours ! . . . .

GNATON.

La demande est gentille.

A part.

Il n'en faut point douter, & la mere. . . & la fille. . .

CLHOE'.

J'ose espérer, avant que vous donner ma foi,
Que vous aurez, Gnaton, le même égard pour moi.

A Misis.

C'est une grace enfin qu'à vos pieds je demande.

MISIS.

On peut vous l'accorder, la grace n'est pas grande.
Je consens au délai, puisqu'il le faut ainsi ;
Et vous devez, Gnaton, y consentir aussi.

GNATON.

Oüais ! Sans avoir égard à mon impatience,
Vous montrez pour Clhoé bien de la complaisance ;
Et de sa part, Clhoé, par ce retardement,
Fait voir ici pour moi bien peu d'empressement,
Quand je fais son bonheur. Qu'est-ce donc qui se passe ?

MISIS.

Il ne faut pas trouver fort étrange, la grace
Que demande ma fille en cette occasion.
Je sçai quelle est pour moi son inclination.
Je pénétre son cœur. Non, ce n'est point la chaîne.
Qui va l'unir à vous, qui lui fait de la peine :
Et quand elle me prie encor de différer,
C'est qu'elle craint le jour qui va nous séparer.

GNATON.

Personne ne sera séparé, ce me semble ;
Car, comme je l'entends, nous vivrons tous ensemble
Chez moi, dans mon Palais ; ainsi vous voyez bien
Que toutes vos raisons, ma foi, ne valent rien.
Je conçois ce délai : l'on veut m'en faire accroire ;
Mais sçachez que je suis mieux au fait de l'histoire.

MISIS.

Je ne vous entends point.

GNATON.

Et moi, je vous entends.
L'on veut ruser ici; mais on perdra son tems.
Je sçaurai prévenir ce que l'on prétend faire.
Les Manœuvres à moi ne peuvent que déplaire.
Vous pouvez là-dessus, si c'est votre dessein,
Réfléchir à loisir. Adieu; jusqu'à demain.

SCENE VI.

MISIS, CLHOE'.

MISIS.

A Tout ce qu'il me dit je ne puis rien comprendre;
Et sa prompte sortie a lieu de me surprendre.

CLHOE' *à part.*

Ah! s'il pouvoit cesser de m'aimer!

MISIS.

Ce délai
L'a chagriné, ma fille; il faut dire le vrai.
J'excuse son transport. Quoiqu'il fasse, ou qu'il dise,
On doit peu s'en fâcher: il est plein de franchise.
Mais ne craignez-vous point que piqué comme il est?....

CLHOE'.

Ciel ! Il ne reviendra que trop tôt.

MISIS.

Il paroît,
Et vous me ſurprenez, que pour cette alliance
Vous témoignez avoir un peu de répugnance :
Le parti cependant eſt trop avantageux,
Pour qu'il ne faſſe pas tout le but de vos vœux.
Dans le plus ſimple état de l'enfance élevée,
Sans biens & ſans ſecours, dans l'infortune née,
Pouviez-vous eſpérer un ſemblable deſtin ?

CLHOE'.

Aucune ambition n'a regné dans mon ſein :
Et de l'amour des biens n'étant pas ſuſceptible,
Mon cœur, à cet Hymen ne peut être ſenſible.

MISIS.

Oppoſez la raiſon à cette tiédeur,
Clhoé ; que la prudence agiſſe en votre cœur ;
C'eſt elle ſeule ici qui de ce mariage
Vous doit faire goûter le ſolide avantage.

CLHOE'.

De cette tiédeur, que j'avouë en effet,
Je crains bien qu'un Epoux ne ſoit pas ſatisfait ;
Je crains de n'être pas à ſes yeux auſſi tendre,
Auſſi ſenſible enfin, qu'il a droit de l'attendre.

MISIS.

Quand on est raisonnable & sage comme vous,
On est bientôt sensible à l'amour d'un Epoux ;
Et sur-tout, quand il joint les bienfaits à sa flâme.
Ma fille, je connois la bonté de votre ame:
Vous n'êtes point ingrate. Un noble sentiment
Fera de votre cœur un cœur reconnoissant ;
Et la vive tendresse exerçant sa puissance,
Succedera bien vîte à la reconnoissance.
Je puis, pour ajoûter à mon opinion,
Me donner pour exemple en cette occasion.
Après que j'eus perdu mon Pere Epiménide,
Sans secours, sans appuy, dans un âge timide,
Et voyant des Gnossiens tous les troubles affreux,
Miltiade m'offrit & ses soins, & ses vœux.
Quoiqu'il fut noble, riche, & dans un rang sublime,
Je ne pouvois avoir pour lui que cette estime,
Qu'au mérite on ne peut justement refuser ;
Et ne me sentois point portée à l'épouser.
Par ses empressemens à la fin entraînée,
Ma prudence me fit accepter l'Hyménée ;
Et je mis à couvert, sous son autorité,
Du bien de mes parens ce qui m'étoit resté,
Dont quelques envieux, poussés par la licence,
Vouloient me disputer déjà la jouissance.
Je reviens à l'état où se trouva mon cœur,
Quand je vis Miltiade être mon bienfaicteur ;
A ses soins attentifs mon ame sçût se rendre,
Et je vins à l'aimer de l'amour le plus tendre.
Hélas ! je perdis tout, quand il perdit le jour.
Qui fit donc cet Hymen? ce ne fut par l'Amour.

CLHOE'.

Mais ce fut la vertu.

MISIS.

Si dans Gnaton, ma fille,
On ne remarque point un mérite qui brille,
Et s'il n'a pas en lui, pour se faire admirer,
Toutes les qualités qu'on pourroit desirer,
Aucun défaut du moins ne le rend méprisable:
Il tient même dans Gnosse un rang considérable;
Et de quelque façon que l'on pense de lui,
C'est ce que nous avons de meilleur aujourd'hui.
Quand de vous & de lui je conclus l'alliance....

CLHOE'.

Je ne puis lui donner ma main sans répugnance,
Quand je songe qu'il est fils d'un usurpateur,
Qui, nous ôtant nos biens, s'en rendit possesseur,
Ne vous souvient-il plus qu'il fit notre misére?

MISIS.

Il n'a pas hérité des vices de son pere.
L'amour qu'il a pour vous, vous paroît odieux;
Mais s'il étoit, ma fille, inspiré par les Dieux;
S'il étoit un decret de leur pouvoir suprême,
Peut-être ici n'ont-ils regardé que vous-même;
Peut-être se sont-ils servis de ces moyens,
Pour vous faire rentrer aujourd'hui dans vos biens.
Car enfin ce qui rend ma douleur plus affreuse,
C'est, ma chere Clhoé, de vous voir malheureuse.
Il ne me reste pas à vivre encor long-tems.

Mais votre ſort me tuë ; il abrége mes ans.
Je me ſens tous les jours mourir de ma triſteſſe.
Quand je ſonge à l'état dans lequel je vous laiſſe ;
Et cependant, ma fille, il ne tiendroit qu'à vous
De me faire joüir du Deſtin le plus doux.
Acceptez d'un Hymen la chaîne avantageuſe ;
Et je meurs ſans regret.

CLHOE' *pleurant.*

Que je ſuis malheureuſe !
O Ciel !

SCENE VII.

EPIMENIDE, MISIS, CLHOE', STRATON.

STRATON *à Epiménide.*

VOilà Miſis avec Clhoé, Seigneur.

EPIMENIDE *à part.*

J'ai peine à retenir le trouble de mon cœur....
Sa vûë & ſon état, hélas ! me percent l'ame ;
Et mes yeux obſcurcis par mes larmes....

STRATON.

Madame,
Un étranger demande à vous entretenir.

MISIS.

Moi! Que me voudroit-il? Qu'on le fasse venir.

CLHOE'.

C'est celui qui tantôt nous a parlé, je pense!

MISIS.

Il implore peut-être ici mon assistance.
Je ressens trop les coups d'un Destin rigoureux,
Pour n'être pas sensible au sort des malheureux.

EPIMENIDE.

Les promesses des Dieux, Misis, sont infaillibles;
Vous en pouvez en moi voir des preuves sensibles.

MISIS.

Qu'entends-je?... O Ciel! Que vois-je?... Est-
ce une illusion,
Qui sur mes sens troublés....

EPIMENIDE.

Non, non, ma fille, non;
C'est Epiménide.

CLHOE'.

Ah!....

EPIMENIDE.

Le Ciel vous le renvoye.

MISIS.

Je céde à ma frayeur .... je ſuccombe à ma joye...
Mon Pere .... je me meurs.

Elle tombe dans les bras d'Epiménide.

EPIMENIDE.

O ma chere Miſis!
Diſſipez votre effroi ; rappellez vos eſprits.

CLHOE'.

Epiménide! O Ciel! Eh quoi, c'eſt vous, mon
Pere ?

Elle tombe aux genoux d'Epimenide.

EPIMENIDE *embraſſant Clhoé.*

Cher enfant, digne objet des ſoins de votre Mere...
Quelle faveur du Ciel! vous me rendez, grands
Dieux!
Les plus doux de mes biens, & les plus précieux.

MISIS.

Revois-je la lumiere, où m'eſt-elle ravie ?
Tiens-je embraſſé celui qui m'a donné la vie ?

EPIMENIDE.

Oui, ma fille, c'est lui ; c'est l'auteur de vos jours,
Qui, s'il est exaucé, rendra plus doux leur cours.

MISIS.

Hélas ! présentement quels vœux aurois-je à faire ?
Que demander aux Dieux ? Ils me rendent mon
Pere.
Je vous vois. Je joüis du bonheur le plus doux.
Quel barbare dessein vous éloigna de nous ?

EPIMENIDE.

Vous le sçaurez ; rentrons. A votre ame étonnée
Venez donner le calme.

CLHOE'.

O Ciel ! quelle journée !
Osions-nous l'espérer ?

EPIMENIDE.

Venez, mes chers enfans ;
Que vos pleurs soient éteints dans mes embrassemens.

A Straton.

Toi, prends garde, Straton, que personne à cette heure,
Ne vienne nous troubler.

SCENE VIII.

STRATON *seul.*

SOit. A mon tour je pleure.....
Elle lui va conter tous nos malheurs passés.
Il a, pour les oüir, dormi sans doute assés.
Pour ne plus retomber en disgrace pareille,
Dès qu'il s'endormira, je veux qu'on le reveille.
Réfléchissons un peu dans mon particulier
A mon état futur. Il ne peut que briller.
D'Epiménide étant l'homme de confiance,
Mon Poste redevient un Poste d'importance,
Et des plus relevés. Une telle faveur
A mes pareils enfin me rend supérieur.
C'est pourquoi je prétends, dans l'emploi que j'exerce,
N'avoir plus désormais avec eux de commerce.

SCENE IX.

STRATON, DAVE.

DAVE.

A part.

SÇachons si Léonide en secret peut parler....
Ah ! Straton est ici ! s'il pouvoit s'en aller,
Il nous feroit plaisir. Il n'est pas nécessaire
Qu'un sujet tel que lui de si près nous éclaire.

Tâchons de l'éloigner. *à Straton.* Salut au grand Straton,
L'honneur de ce séjour.

STRATON.

Qu'est-ce ? Que me veut-on ?
Je ne parle à personne.

DAVE.

à part.

Hé ! c'est moi qui ..... je pense
Qu'avec moi ce vieux fou fait l'homme d'importance :
Il ne faut pas pourtant me broüiller avec lui.

à Straton.

C'est Dave qui venoit.....

STRATON.

Ah ! bon jour, notre ami.

DAVE.

à part.

Sa gravité, ma foi, me paroît trop plaisante.
Que veut dire cela ? *à Straton.* Quelqu'affaire importante
Vous occupoit, je croi ?

STRATON.

J'en ai plus d'une aussi.

DAVE.

Que ce ne ſoit pas moi qui vous retienne ici.

STRATON.

Non ; nul ſoin à préſent autre part ne m'appelle ;
Et je reſte en ce lieu.....

DAVE *à part.*

Maudite ſentinelle !

STRATON.

Quand vous êtes venu, mon eſprit s'occupoit
De la façon jadis que l'état ſe régloit,
Et comme il a changé de face & de figure.

DAVE.

Si vous aviez été Chef d'un Sénat, je jure
Que l'on vous auroit eu des obligations...
Tout auroit été mieux.

STRATON.

Ah ! je vous en réponds.
Depuis aſſez long-tems j'entends la politique,
Et j'aurois retourné toute la République ;
Allez, ont eût de moi tiré de grands ſecours,
Des hommes, j'aurois ſçû prévenir tous les tours ;
Les ſecrets ſoûterrains, & les mauvaiſes trames,
J'aurois deſſous la clef tenu toûjours les femmes.

DAVE.

DAVE.

Oh ! ce ne sont pas-là de petits Reglemens.

STRATON.

Cependant, je les ai tous rangés là-dedans.

Montrant sa tête.

DAVE.

Le poids doit être lourd. Quelle tête est la vôtre ?
Il faut que vous l'ayez plus épaisse qu'un autre.

STRATON.

Or, puisque nous parlons sur ce chapitre là . . .

DAVE *à part.*

O ! l'impatientant discoureur que voilà.

STRATON.

On doit s'en rapporter au grand Epiménide,
Il m'a toûjours trouvé d'un jugement solide ;
Nulle affaire chez lui sans moi ne se traitoit,
Et lui-même à moi seul de tout se rapportoit. . .
Ne vous en allez point ; attendez que j'achéve.

DAVE *à part.*

Il ne finira point. Que la peste te crêve !

STRATON.

Si bien donc que......

DAVE.

Je viens d'entendre votre nom,
Comme si l'on crioit : Oh, Straton ! oh, Straton !

STRATON.

Non, si l'on m'appelloit, je sçaurois bien l'entendre.

DAVE *à part.*

Ah ! qu'à propos, ici, Mélite se vient rendre.

SCENE X.

MELITE, STRATON, DAVE.

MELITE.

QUel bonheur ! Quel retour ! Qui l'auroit pû prévoir ?
Pour nous, pour nos Amans, quel favorable espoir !
Ne nous arrêtons point ; tandis qu'Epiménide
Embrasse ses enfans, voyons si Léonide...

A Dave.

Ah ! Dave, te voilà ?

DAVE.

J'étois, vous le voyez,
Avec le bon Straton. C'est vous qui l'appelliez;
Ou son Maître, sans doute?

MELITE.

Oui, Straton, votre Maître
Vous demande.

STRATON.

J'y cours.

DAVE.

Et le mien va paroître.

SCENE XI.

LEONIDE, MELITE, DAVE.

DAVE.

OH! Seigneur Léonide, avancez: il est tems.

LE'ONIDE.

Ah! pour moi quelle joye! & quels ravissemens!
Je sçai quel intérêt vous avez daigné prendre
Au sort d'un malheureux....

MELITE.

Ce qui va vous ſurprendre,
Et qui doit redonner l'eſpoir à votre amour,
C'eſt que d'Epiménide.....

LE'ONIDE.

Oui, je ſçais ſon retour.
Je ſors de chez mon oncle; il vient de m'en inſtruire.
Quels heureux changemens ce retour va produire!
Mon oncle m'a chargé d'aller en ce moment
Dans Gnoſſe divulguer ce grand évenement,
J'aurois chez nos amis volé dans l'inſtant même,
Sans le déſir que j'ai de revoir ce que j'aime.
Non, je ne penſe pas, par cet eſpoir flatté,
Que rien ſoit au-deſſus de ma félicité.
Cependant la ſurpriſe où tout ceci me plonge,
Me fait appréhender que ce ne ſoit qu'un ſonge.
Reverrai-je Clhoé?

MELITE.

Je l'attends en ces lieux;
Et je crois que bien-tôt.....

LE'ONIDE.

Ah! je la vois; grands Dieux!

SCENE XII.

LEONIDE, CLHOE', MELITE, DAVE.

LE'ONIDE.

AH! divine Clhoé, seroit-il bien possible
Qu'à mon cruel état vous montrant plus sensible?
Vous ayez..... Mais que vois-je?

CLHOE'.

Ah! Léonide, hélas!

LE'ONIDE.

Qu'avez-vous donc?

CLHOE'.

Je croi que vous n'ignorez pas
Qu'Epiménide ici, grace au pouvoir suprême,
Nous est rendu. Mais Ciel! de mon malheur extrême
Vous n'êtes pas instruit.

LE'ONIDE.

Que dites-vous?

MELITE.

Comment ?
Et quels nouveaux chagrins pourroient en ce moment ? ....

CLHOE'.

Epiménide, hélas ! informé par ma mere
D'un hymen que je hais, & qui me désespere,
Le cœur encor trop pleins de ses ravissemens,
Pour vouloir là-dessus plus d'éclaircissemens,
Et se persuadant qu'en mere juste & sage
Elle ne faisoit rien que pour mon avantage,
Dans cette confiance a trouvé son choix bon :
Et demain je serai la femme de Gnaton.

LE'ONIDE.

O Ciel ! quel coup affreux à mon bonheur succéde !

DAVE.

Et d'autant plus affreux, qu'il paroît sans reméde.

MELITE.

Ne nous allarmons point, doucement. Dans le fond
On croit toûjours les maux bien plus grands qu'ils ne sont ;
Et quoique votre pere ait enfin pû souscrire. ....

CLHOE'.

Je ne me flate point, & j'ai toûjours oui dire
Qu'Epiménide en tout étoit ferme, absolu,
Et ne changeoit jamais un dessein résolu.

LE'ONIDE.

O Ciel ! ç'en est donc fait ! Je n'ai plus d'espérance!
Faisons face au Destin ; armons-nous de constance,
Et courons où m'appelle un trop juste devoir,
Je sens tout ce que peut causer le désespoir ;
S'il ne s'agissoit pas ici d'Epiménide,
Peut-être verriez-vous expirer Léonide.
J'ai l'ordre de Nicandre ; & je vais dans ce jour
De votre pere à Gnosse annoncer le retour,
Rassembler des amis, dont le zéle sincére
Appuyera hautement ce retour salutaire :
Et s'il est quelques gens assez séditieux.
Pour. . . .

CLHOE'.

Ah, Ciel ! je crains bien que quelque audacieux,
Jaloux d'Epiménide, en cette conjoncture,
Et traitant hardiment ce retour d'imposture,
Contre vous ne souléve. . . .

LE'ONIDE.

Ah ! calmez cette peur.
Je n'ai devant les yeux que votre seul bonheur ;
Il dépend de la gloire, enfin, de votre pere.
Jugez si cette gloire à Léonide est chére.
Si le sort, à me nuire encor veut s'attacher,
Ah ! Clhoé, je n'aurai rien à me reprocher.

SCENE XIII.

CLHOE', MELITE.

CLHOE'.

OU va-t-il s'exposer ? Ah ! ma chere Mélite.....

MELITE.

De ceci, pourquoi craindre une fâcheuse suite ?
Rentrons ; de votre cœur chassez plûtôt l'effroi ;
Et calmez, s'il se peut, le trouble où je vous voi.

Fin du second Acte.

ACTE

ACTE III.

SCENE PREMIERE.

GNATON *seul.*

ON a crû m'abuser; la chose est avérée,
Et vient d'être au Sénat par mes soins déclarée.
Pour prévenir le coup, j'ai sçû tout préparer;
Et de cet imposteur je prétends m'assûrer.
Plusieurs sont de concert; & l'on vient de m'apprendre
Qu'ils sont tous la plûpart assemblés chez Nicandre.
Nicandre qui me hait, sans doute est leur appui;
Et je n'attendois pas autre chose de lui.
Aux environs d'ici, j'ai d'espace en espace
Mis des gens affidés pour voir ce qui s'y passe;
Et coupant court alors à de honteux projets,
De l'aveu du Sénat j'ai des gardes tout prets,
Afin qu'au premier ordre on arrête le traître.
Eh! comment? Un frippon n'aura donc qu'à paroître,
Et dire effrontément, prenant un nom connu,
Qu'il étoit trépassé, mais qu'il est revenu;
Qu'il veut ravoir ses biens; & forgeant une histoire,
Sur quelque vraisemblance on n'aura qu'à le croire?

On punira le fourbe, où je me trompe fort.
Tout dépend à présent d'appuyer mon rapport.
Straton, qu'on a payé pour dire l'imposture,
Me seroit nécessaire en cette conjoncture.
Je connois le coquin : il est interessé.
Si pour dire un mensonge on l'a récompensé,
Je lui ferai bien voir qu'il se trompe, je gage,
Et qu'une vérité rapporte davantage.
S'il veut dissimuler, je puis, d'un autre ton....
Le voici justement.

SCENE II.

GNATON, STRATON.

GNATON.

Straton? hola, Straton?
Approche. Je voudrois, puisqu'ici je te trouve,
Un peu t'entretenir en secret.

STRATON.

Je m'approuve
De m'être transporté de ce côté, Seigneur,
Puisqu'un tel entretien va me combler d'honneur.
J'ai souvent autrefois eu quelque conférence
Dans la ville de Gnosse avec gens d'importance;
Mais depuis qu'en ce lieu je me suis retiré....

GNATON.

Soit. Je crois que Straton étoit considéré.

Je voudrois......

STRATON.

Oh ! c'est vous que chacun considére ;
C'est vous....

GNATON.

Laissons cela. Parlons d'une autre affaire.

STRATON.

Votre rang, votre bien, vous mettent au-dessus....

GNATON.

Faisons tréve, te dis-je, aux discours superflus.
Sans m'interrompre ici, je veux que tu m'entende.
Je connois ta droiture, & je sçais qu'elle est grande;
Qu'on peut compter dessus : & je me suis flaté
Que le sage Straton aimant la vérité,
Sur le fond de son cœur voudra regler sa bouche,
Et qu'il me dira vrai sur un fait qui me touche.

STRATON.

Voyons sur quel sujet je puis vous obliger ?
Vous n'avez qu'à parler, Seigneur, m'interroger ;
De tout tems la franchise est en moi ce qu'on louë.

GNATON.

J'en suis persuadé. Je veux que tu m'avouë
Que le retour, enfin, d'Epiménide est faux;
Et que l'on a jugé cette fable à propos,
Pour jetter l'épouvante en la rendant publique,

Et troubler aujourd'hui toute la République.
De ta bouche j'attends cette sincérité.

STRATON.

Quoi, Seigneur, il s'agit de cette vérité?

GNATON.

Oui.

STRATON.

Ma foi, je ne puis le dire en conscience:
A déclarer ce cas j'ai de la répugnance;
Une forte raison m'en empêche; & je croi....

GNATON.

A toutes tes raisons j'en puis opposer, moi,
De plus fortes encore; & je veux bien t'apprendre
Que si tu ne la dis, je puis te faire prendre;
Mais au contraire, vois, si tu l'avoue enfin,
Voici cent piéces d'or que je mets dans ta main.

Il lui montre une bourse.

STRATON.

Je céde à vos raisons. Mais, Seigneur, sans rancune.
Quoi, cent piéces d'or?

GNATON.

Oui.

STRATON.

C'eſt cent raiſons contre une,

GNATON.

Point de déguiſement ; Fais-y réflexion.

STRATON.

Puiſque l'on ne met point d'autre condition
Que de.....

GNATON.

Non, j'en mets une ; elle eſt eſſentielle.
Le Sénat aſſemblé connoît déjà ton zéle :
J'ai ſçû le prévenir ; & ſans plus différer,
Le fait dont il s'agit, viens le lui déclarer.

STRATON.

Vous voulez vous mocquer. Quoi, me pourra-t-il croire ?
Il dira ſur le champ que je forge une hiſtoire.

GNATON.

Ce n'eſt pas ton affaire. Il faut en ce moment
T'expliquer au Sénat ſans réſerve ; autrement,
J'ai des gens là tout prêts, qui pourroient t'y conduire
De toute autre façon. Je veux bien te le dire ;
Ils te feroient jaſer plus fortement que jeu,
Avec certains apprêts, qui te plairoient fort peu.

STRATON.

Quoi, Seigneur ? . . . .

GNATON.

Résous-toi tout-à-l'heure, te dis-je ;
Ou je vais . . . .

STRATON.

Puisqu'ainsi la Justice l'exige ;
Je dirai tout ; & prends la bourse, en vérité,
Pour vous rendre plus sûr de ma fidélité.

SCENE III.

CLHOE', MELITE, GNATON, STRATON.

MELITE.

STraton, fort à propos nous te trouvons : écoute.
Mais n'apperçois-je pas Gnaton ? Il vient, sans doute,
Prendre part au plaisir que nous avons ici
Du retour d'Epim ? . . . . .

STRATON.

Oui ; nous en parlions aussi.

MELITE.

Il n'eſt pas au logis à préſent : mais je penſe
Que dans fort peu de tems nous aurons ſa préſence.

GNATON.

Fort bien. En attendant, je vais avec Straton
Dans Gnoſſe faire un tour, ſi vous le trouvez bon;
Ma foi, vous aurez beau diſſimuler, les Belles;
Et vouloir m'abuſer par vos ruſes nouvelles,
De votre Epiménide, à plaiſir inventé....

STRATON.

Nous tardons trop long-tems, Seigneur, en vérité.

MELITE.

Comment? Expliquez-vous un peu mieux, je vous prie.

GNATON.

Viens au Sénat, Straton, prouver la fourberie.

MELITE.

Que veut dire ceci? Comment, Straton, tu peux..

GNATON.

Viens faire évanoüir par de juſtes aveux,
Ce Fantôme vain.....

STRATON.

Oui.

GNATON.

Cet être chimérique,
Avec lequel on veut tromper la République.

SCENE IV.

CLHOE', MELITE.

MELITE.

AH! le traître! où va-t-il? Et quelle fausseté
Va-t-il donc publier?

CLHOE'.

Quelle infidélité!

SCENE V.

LE'ONIDE, CLHOE', MELITE, DAVE.

LE'ONIDE.

AH! ma chere Clhoé, reprenez l'espérance.
Chacun, d'Epiménide attendant la présence,
Fait son plus doux bonheur d'un si flateur espoir.

Tout le Peuple l'attend ; il demande à le voir.
Soit qu'encor sa mémoire ici soit respectée,
Ou que du merveilleux on ait l'ame enchantée,
Personne ne paroît douter de son retour ;
Et tous nos Citoyens benissent ce grand jour.

DAVE.

Oui, Madame, chacun est en réjouissance.
Le vin coule à longs traits : par tout on le dispense,
Au devant des Palais, à l'entour du Senat :
C'est un avant-coureur du bonheur d'un Etat.

LE'ONIDE.

L'espoir regne par tout ; l'un se flate sans peine
De rentrer dans ses biens ; l'autre, dans son domaine :
Celui-ci déplacé par des Persécuteurs,
Espére retrouver son rang & ses honneurs :
Cet autre condamné par un noir artifice,
Prévoit qu'en sa faveur s'armera la justice.
Tous enfin pleins de joye au Ciel levant les yeux,
Déjà de ce retour rendent graces aux Dieux.
Tous nos anciens amis rassemblés par Nicandre,
Pressés d'un même zele, au Sénat se vont rendre.
J'ai rempli mon devoir : & mon sensible cœur,
De cet heureux succès partageant la douceur,
Et nageant dans l'espoir que le Ciel vous envoye,
Goûte autant de plaisir, ressent autant de joye,
Que si dans ce grand jour où vos vœux sont remplis,
Votre main de mes soins devoit être le prix.

CLHOE'.

Ah! Léonide.

MELITE.

cependant vous apprendre
Qu'on traverse les soins que vous venez de prendre ;
Que sans crainte des Dieux le perfide Straton,
Oubliant son devoir, & gagné par Gnaton,
Vient d'aller au Sénat, pour déclarer lui-même
Que l'on veut l'abuser par un pur stratagême,
Et que d'Epiménide en un mot le retour
Est une fausseté.

CLHOE'.

Oui, Straton, qu'en ce jour
J'ai vû saisi de joye.....

LE'ONIDE.

Est-il quelque apparence ?...?

MELITE.

C'est, croyez-le, un complot fait en notre présence.
Nous en sommes témoins.

LE'ONIDE.

O Ciel !

DAVE.

Ah ! scélérat!

LE'ONIDE.

Ne perdons point de tems : je cours jusqu'au Sénat.
De cette fausseté j'arrêterai la suite,
Qui par d'indignes cœurs ne peut qu'être produite;
Et les lâches auteurs de ce complot enfin,
Quels qu'ils soient, périront aujourd'hui de ma main.

CLHOE'.

Modérez le transport que vous faites paroître :
Vous n'aurez pas besoin de vengeance, peut-être.

DAVE.

Empêchez, croyez-moi, qu'il ne sorte d'ici.
Il pourroit s'exposer, & m'exposer aussi.

LE'ONIDE.

Quoi donc? je souffrirai que cette perfidie....

CLHOE'.

Un peu plus de prudence.

DAVE.

Oui; Clhoé vous en prie.

MELITE.

Epiménide, ô Ciel! vous sçauroit mauvais gré
D'un tel emportement....

DAVE.

Le voilà modéré.

MELITE.

Croyez-moi, n'allez point en semblable occurrence
Signaler son retour par quelque violence;
Son ame fut toûjours pour la paix, la douceur;
Et vous devez régler là-dessus votre cœur.

LE'ONIDE.

A vos sages avis, hé bien, il faut souscrire;
La prudence, au Sénat, va seule me conduire.
Pour confondre Gnaton, & son indignité,
Je ne prétends m'armer que de le vérité.

SCENE VI.

CLHOE', MELITE.

CLHOE'.

STraton trahir son Maître! il commet un tel crime,
O Ciel! Epiménide, en sera la victime.
Le traître impunément va nier l'avoir vû.
D'abord, sur son rapport l'esclave sera crû.
On dira que chez lui, s'il avoit vû son Maître,
Ses yeux facilement l'auroient sçû reconnoître;
Et sans approfondir, s'il impose....

MELITE.

En effet.
Dans quel triste embarras ce traître-là nous met!
Tout ceci va causer des désordres extrêmes.

CLHOE'.

On va, de fausseté nous accuser nous-mêmes.

MELITE.

Mais pourquoi, s'il vous plaît, votre pere en ce jour,
Ne va-t-il pas dans Gnosse annoncer son retour?

CLHOE'.

Non, il agit, Mélite, avec plus de prudence;
Peut-il se présenter, sans avoir l'assûrance
Qu'il sera bien reçû du peuple & du Sénat?
Hé! plût au Ciel, hélas! qu'il voulut sans éclat
Rester auprès de nous dans cette solitude;
Et que du monde ici fuyant la multitude.....

SCENE VII.

EPIMENIDE, CLHOE', MELITE.

EPIMENIDE.

CHers enfans, de mon sort partagez les douceurs:
Je trouve encor pour moi quelque amour dans les cœurs.

CLHOÉ.

Auriez-vous du Sénat appris quelque nouvelle ?

MELITE.

Auroit-on confondu cet esclave infidelle,

EPIMENIDE.

De qui me parlez-vous ?

MELITE.

Du perfide Straton ;
Qui vient d'être gagné dans ce jour par Gnaton ;
Pour aller divulguer par un trait exécrable
Que votre retour n'est que mensonge & que fable.

EPIMENIDE.

Straton auroit commis une telle noirceur !
Mais Gnaton n'est-il pas ce riche Sénateur
Dont m'a parlé Misis, & qui, cette journée,
Devoit s'unir à vous par les nœuds d'hymenée ?

MELITE.

Vous l'avez dit ; & c'est justement celui-là :
Il est l'unique fils d'un certain Cratina....

EPIMENIDE.

Quoi de mon affranchi, que je choisis pour être
Gouverneur de mes biens ?

MELITE.

Il a bien fait connoître
Quel amour il avoit pour votre revenu,
Il l'a si bien gardé, qu'on ne l'a pas revû.

CLHOÉ.

Hélas! ce fut celui, dont l'ame impitoyable
Rendit encor plus dur notre état déplorable.

EPIMENIDE.

Je vois bien que les Dieux avoient par les malheurs
Résolu d'éprouver la vertu de vos cœurs.
Vous auriez, pour finir votre peine cruelle,
Aisément confondu ce sujet infidelle,
Pour peu que vous eussiez à ses yeux présenté
Cet écrit, que sur moi les tems ont respecté.

Il montre un papier.

Mais enfin, dites-moi, ce Gnaton, quel homme est-ce?

MELITE.

Il est, à dire vrai, de la plus simple espéce:
Il doit à ses grands biens son rang & sa faveur:
C'est la brigue & l'argent qui l'ont fait Sénateur;
A fort peu de génie, il joint la suffisance;
Pense suivant l'instinct, & parle comme il pense,

EPIMENIDE.

Mais en sa faveur le cœur trop prévenu,

M'avoit de cet Hymen tantôt entretenu ;
Je l'avois approuvé : je le trouvois capable
De vous donner dans Gnoſſe un rang conſidérable;
Et je le regardois dans ces occaſions ,
Comme le ſage fruit de ſes réflexions.

SCENE VIII.

EPIMENIDE, CLHOE', MELITE, DAVE.

DAVE.

LEonide, mon Maître, & neveu de Nicandre ;
M'a promptement chargé, Seigneur, de vous apprendre
Qu'aſſez près de ces lieux il vient de rencontrer
Des Gardes, qui de vous prétendent s'aſſûrer.
Leur Chef, qui s'eſt trouvé de notre connoiſſance,
Sur le champ à mon Maître en a fait confidence,
Diſant qu'il avoit mis tous ſes gens en état,
Er qu'il n'attendoit plus qu'un ordre du Sénat.
Léonide, Seigneur, inſtamment vous conjure
De rentrer chez Nicandre en cette conjoncture.
Il va de ſon côté pour s'éclaircir du fait,
Et tâcher d'empêcher de cet ordre l'effet.

CLHOE'.

Ah ! Seigneur, ſauvez-vous de ce danger extrême.

DAVE.

Suivi de ſes amis, Léonide lui-même

Viendra

Viendra pour votre fuite employer tout secours,
Et la favoriser au péril de ses jours.

EPIMENIDE.

Vous pouvez assûrer le neveu de Nicandre
Que j'ai de tous ses soins des graces à lui rendre;
Que je reconnoîtrai ce zéle officieux.
Non, je ne prétends point m'éloigner de ces lieux.
J'entrevois les soupçons que mon retour fait naître,
Mais pour les dissiper je n'aurai qu'à paroître.

CLHOE'.

Hé! Seigneur, prévenez en cette extrêmité,
Des Sénateurs l'erreur & l'incrédulité.

MELITE.

He! quand même ils viendroient tous à vous reconnoître,
Vos ennemis seroient plus irrités, peut-être.

CLHOE'.

Profitez, croyez-moi, de ce conseil offert;
Et d'un péril certain mettez-vous à couvert.

EPIMENIDE.

Loin de prétendre suivre un conseil si timide,
Je devrois à leurs yeux montrer Epiménide;
Au devant du danger courir en ce moment.
Tout ce qu'à vos frayeurs j'accorde seulement,
C'est d'attendre qu'ici. .....

SCENE IX.

EPIMENIDE, CLHOE', MELITE, UN ESCLAVE.

L'ESCLAVE.

Seigneur, c'eſt une lettre,
Que Gnaton dans vos mains m'a chargé de remettre.

EPIMENIDE *lit*.

Lettre.

On aſſûre par tout que vous n'êtes pas mort,
Et qu'on vous reconnoît pour être Epiménide.
Malgré l'ardent amour qui vers Clhoé me guide,
Je crois mal aiſément un pareil jeu du ſort.
J'ai, je vous l'avouerai, cependant grande envie
De m'unir à Clhoé par les nœuds les plus doux;
Et ſi vous conſentez que je ſois ſon époux,
Je croirai tout de bon que vous êtes en vie.

Ce ſtyle eſt ſingulier. Peut-on écrire ainſi?

A l'Eſclave.

Si ton Maître a beſoin d'être plus éclairci,
Qu'il vienne, je l'attends.

SCENE X.

EPIMENIDE, CLHOE', MELITE.

EPIMENIDE.

Je vois peu d'apparence
Qu'il ait avec Straton eu quelque intelligence.

CLHOE'.

Je crains que tout ceci ne ſoit un piége adroit
Pour vous mieux abuſer. Seigneur, quoiqu'il en ſoit.....

MELITE.

Ah! j'apperçois Straton. Comment devant ſon Maître,
Se juſtifiera-t-il?

SCENE XI.

EPIMENIDE, CLHOE', MELITE, STRATON.

MELITE.

Maudit ſcélérat!

CLHOE'.

Traitre!

STRATON.

Quels sont ces termes-là? Comment donc m'insulter,
Lorsque chacun ici devroit me respecter :
Dans le tems que je suis de la vertu le Guide,
Quand moi-même au Sénat je rends Epiménide?

MELITE.

Quoi donc? que veux-tu dire?

STRATON.

On traite ainsi Straton!

MELITE.

Quoi! tu n'es pas sorti tantôt avec Gnaton,
Pour aller au Sénat dire quelque imposture?

STRATON.

Qui, moi? je n'ai rendu que la vérité pure.
Vous êtes dans l'erreur, & vous allez sçavoir
Quels honneurs aujourd'hui je viens de recevoir;
En voici le recit; préparez-vous d'entendre.
Sur le bruit qui par tout venoit de se répandre
Touchant votre retour; & plusieurs mal instruits
Divulgant à chacun que c'étoit de faux bruits;
Gnaton jusqu'au Sénat m'engage de paroître,
Pour dire de ce bruit tout ce qu'il en peut être,
Moyennant cet argent qu'entre mes mains il met.
Montrant une bourse.
Oui, Seigneur, ai-je dit, vous serez satisfait.

Nous marchons; & bien-tôt nous voyons de la ville
Une ſuite nombreuſe arriver à la file :
Le monde groſſiſſoit, & s'augmentoit ſi bien,
Que tel que je ſuis, moi, je ne paroiſſois rien.
On perce enfin la foule, & l'on me fait paſſage.
Je voyois tous les yeux fixés ſur mon viſage;
J'entendois retentir de toutes parts mon nom.
Qu'eſt-ce donc qu'on veut faire au Sénat de Straton ?
Diſoit l'un. Moi, j'étois d'un air grave & tranquile.
Sa préſence au Sénat, diſoit l'autre, eſt utile;
Le Sénat le demande. Oh! cela flate bien,
Je ne le cele point, le cœur d'un citoyen.
Je monte les degrés; dans le Sénat j'arrive.
Qu'on me prête, ai-je dit, une oreille attentive.
Je viens exprès ici, je viens certifier
La vérité d'un fait, que je ne puis nier.
Epiménide vit; ceci n'eſt point frivole.
Les Dieux nous l'ont rendu; l'Oracle tient parole.
Je l'ai vû de mes yeux, plein de vie, exiſtant;
Le grand Epiménide, en un mot, eſt vivant.
C'eſt notre Maître enfin que la Ciel nous renvoye.
Chacun n'a répondu que par des cris de joye;
Mais des cris ſi perçans, & ſi multipliés,
Que pluſieurs Sénateurs ont été réveillés.

MELITE.

J'ai peine, je l'avouë, à croire cette hiſtoire.

STRATON.

Il faut me bâtonner, où bien il faut me croire.
Oui, de tout le Sénat j'ai fait l'attention,
La ſurpriſe, la joye & l'admiration:
Et c'eſt avoir bien vîte acquis ſa confiance,

Pour la premiere fois que j'y prends ma séance.

EPIMENIDE.

Straton, je suis charmé de ton affection;
Mais cet argent reçû gâte ton action.

STRATON.

Si vous sçaviez, Seigneur, comme ma conscience
S'est long-tems révoltée, & s'est fait violence,
Comme j'ai combattu, comme j'ai disputé,
Ce n'est pas l'avoir pris, c'est l'avoir mérité.
Pour le Seigneur *Gnaton*, dont j'ai trompé l'attente;
Il n'a pas lieu, je crois, d'avoir l'ame contente:
Car il a vû tous ceux, dont il avoit l'appui,
Sur mon récit naïf se tourner contre lui.
Fort précipitamment je l'ai vû disparoître;
Il a craint du Sénat les reproches, peut-être.
Nicandre a fait merveille; & c'est sur son aveu,
Que contre le Gnaton quelques gens ont pris feu.
D'autres doutent encore un peu sur cette affaire;
Mais sérieusement le Sénat délibére.
On y dispute fort; ou du moins je le croi:
Car on en a fermé les portes après moi.
Voilà ce que j'ai fait. Seigneur, que vous-en semble?

MELITE.

Je vois venir Gnaton; le cœur me bat.

CLHOE'.

Je tremble.

STRATON.

Il ouvre de grands yeux, & paroît interdit.
Devant Epiménide il sera bien petit.

SCENE XII.

EPIMENIDE, CLHOE', MELITE, GNATON, STRATON.

GNATON.

C'Eſt vous apparemment qu'on nomme Epiménide ?
Auſſi vous ai-je écrit : mon ſtyle eſt vif, rapide.
Pour vous, votre réponſe eſt nuë & ſans apprêt.
Vous êtes ſans façon, à ce qu'il me paroît ?

EPIMENIDE.

Je ne puis ignorer à quoi l'uſage oblige :
Je connois les égards que le devoir exige.
Il n'eſt plus queſtion ici que de ſçavoir,
Qui de vous ou de moi doit le plus en avoir.
Apprenez ſeulement, ſi vous voulez l'entendre,
Que la ſeule vertu, de moi, peut tout attendre.

GNATON.

Je vous entends fort bien ; c'eſt à peu-près le ton
Dont avant votre mort, vous parliez, nous dit-on ;
Ceci pourtant m'étonne ; & je ne crois qu'à peine
Qu'au bout d'un ſi long-tems au monde l'on revienne.
Je ne ſçais franchement ſi c'eſt vous ; en tout cas,
Soyez Epiménide, ou ne le ſoyez pas,
J'aime Clhoé. Je crois qu'en homme juſte & ſage.
Vous voudrez conſentir à notre mariage ;

Car enfin, je prévois qu'on vous a prévenu ;
Et de vous je vois bien que je suis peu connu.

EPIMENIDE.

Je vous connois assez : Cratina, votre pere
Avoit ma confiance ; & pour ne vous rien taire....

GNATON.

Il la méritoit bien ; & je puis protester,....

EPIMENIDE.

Non, non ; dites plûtôt qu'il la put mériter.
Je sçais quel zéle il eut, & quelle en fut la suite.
Comment justifier sa barbare conduite ?
De ma triste famille il causa le malheur ;
Il fut, de mes enfans même persécuteur ;
Et loin de leur donner les secours nécessaires,
Par de honteux détours.....

GNATON.

Dites que vos affaires
Etoient plûtôt alors en fort mauvais état.
J'en connois le détail ; j'en sçais le résultat ;
Je suis au fait de tout. La chose est si visible,
Que je pourrois prouver.... Mais il n'est pas possible
Que vous vous souveniez de cela, vous ?

EPIMENIDE.

Vrayement,
Je suis charmé de voir un tel arrangement ;
Puisque vous avez sçû par des routes si claires,
Sans trop de soin, vous mettre au fait de mes affaires,
Tenez

Tenez, de cet écrit examinez le ſens :
La dette, vous voyez, eſt de trois cent talens.

GNATON.

Ho bien, les Magiſtrats jugeront cette affaire.

EPIMENIDE.

Ils pourront la juger, ainſi que je l'eſpére.

GNATON.

Ils jugeront d'abord ſi vous êtes vrayement
Epiménide.

EPIMENIDE.

Allez, je ne crains nullement
D'en être méconnu. Je ne dois en attendre
Qu'une prompte juſtice : ils ſçauront me la rendre :
Je ne veux que paroître à leurs yeux, une fois.
Qui pourroit mieux que moi leur parler de leurs loix ?
Et tirer de l'oubli tant de maximes ſages,
Dont ils ont négligé les divins avantages.
Ce n'eſt point que je veüille en leur ſociété
Aujourd'hui m'arroger aucune autorité :
Qu'ils n'appréhendent pas que jamais j'y prétende ;
Mais qu'on la rende aux loix ; c'eſt ce que je demande.
Je n'ai point des tréſors la vaine ambition ;
Je ne ſuis point tenté de leur poſſeſſion ;
J'en reconnois l'erreur, je l'avouë ; & confeſſe
Que pour un ſage, hélas ! c'étoit une foibleſſe
De n'avoir pas, jadis, conſtamment refuſé
Les biens, dont tant de fois je fus favoriſé,

Et dont on crut devoir faire ma récompense,
Ce sont les mêmes biens dont j'eus la joüissance,
Qui déjà contre moi soulévent dans ces lieux
Les esprits inquiets, & les cœurs envieux.
De ces biens désormais je prétends fuir l'usage,
Et de la pauvreté faire mon seul partage.
Heureux, si je pouvois durant mes foibles ans,
Voir du simple réduit qu'habitent mes enfans,
Mon exemple porter à tous les cœurs envie,
Et partout la vertu dans Gnosse rétablie !

GNATON.

Ce discours m'attendrit; je suis prêt à pleurer....
Non, il faut avec moi venir tous demeurer,
Donnez-moi votre fille, & consentez....

CLHOE'.

Mon pere,
Si mon repos vous touche, & si je vous suis chere,
Au nom de tous les Dieux épargnez-moi l'horreur
D'accepter un Hymen qui répugne à mon cœur.
Souffrez plûtôt, souffrez que je passe ma vie
Dans ce même désert, qui flate votre envie.
Ma seule ambition est de vivre avec vous;
Et ce sera pour moi le destin le plus doux.

EPIMENIDE.

Je suis charmé, Clhoé, de cet aveu sincére:
De pareils sentimens qui flatent votre pere,
Et qui, sans nuls efforts partent de votre cœur,
Si vous les conservez, feront votre bonheur.

GNATON.

Quoi ! malgré tous mes biens & mon amour sincére,
Elle veut éluder ? Quel seroit ce mystere ?
Allons, il faut avoir un peu de fermeté ;
Servez-vous, croyez-moi, de votre autorité ;
Et faites voir, montrant un cœur fier & rigide,
Que vous êtes ici vrayement Epiménide.

EPIMENIDE.

Vous serez satisfait dans le même moment :
Et pour vous en convaincre encor plus aisément,
Quoique ce titre doive à vos regards suffire,
Tenez, je vous le rends.

GNATON *recevant le parpier, & interdit.*

Je ne sçais plus qu'en dire....

EPIMENIDE.

L'avantage aujourd'hui que j'en retirerois,
Captiveroit mon cœur plus que je ne voudrois.

GNATON.

Oui, pour Epiménide on doit vous reconnoître ;
Si vous ne l'êtes pas, vous méritez de l'être :
Et je vois à présent.....

SCENE DERNIERE.

EPIMENIDE, LE'ONIDE, CLHOE', MELITE, GNATON, STRATON.

LE'ONIDE.

Venez, Seigneur, venez
Joüir de tous les droits qui vous sont destinés.
Le Sénat, qui du peuple a reçû le suffrage,
Vient ici pour vous rendre un éclatant hommage.
Mon oncle, à ma priere, a daigné consentir,
Que je prisse le soin de vous en avertir.

EPIMENIDE.

Sage & digne neveu du vertueux Nicandre,
De l'amour des Gnossiens mon cœur doit tout attendre :
Ce zéle, dont par vous je suis trop honoré,
De leur affection m'est un gage assûré.

LE'ONIDE.

Mais que vois-je? Gnaton? ..... Ciel! de ma destinée,
Je ne dois plus douter. Ah! de cette Hymenée
Ne soyons pas témoins; & plûtôt que mes yeux...

EPIMENIDE.

Léonide, arrêtez. D'où vient que de ces lieux ? . . .
Mais que vois-je ? Ma fille en larmes : Léonide
Au désespoir.

GNATON.

Ah ! ah ! ma foi, ceci décide.
Ne vous contraignez point, présentement je voi
D'où vient l'aversion que vous aviez pour moi.

LEONIDE.

Ah ! Seigneur, vous venez de découvrir vous-même
De mon cœur accablé la passion extrême,
Qui, si mon désespoir n'en arrête le cours,
Fera, je le prévois, le malheur de mes jours.

CLHOE'.

Si je n'ai pû, Seigneur, dans ces tristes alarmes,
Etouffer mes soûpirs, & retenir mes larmes....

EPIMENIDE.

Je ne m'oppose point à de si tendre nœuds ;
Voudrois-je, mes enfans, vous rendre malheureux ?
Et lorsque dans ce jour chacun ici s'empresse,
A me marquer quelle est de son cœur l'allégresse,
Vous-mêmes aux regrets, aux pleurs abandonnés,
Seriez-vous donc ici les seuls infortunés ?

LE'ONIDE.

Ah ! Seigneur, quel bonheur ! quel plaisir ! . . .

CLHOE'.

Ah ! mon pere !

GNATON.

Je me sens tout-à-coup par un retour sincére . . . .
L'excès de leur amour..... votre cœur généreux....
Me trouble.... m'attendrit.... me confond.... & je veux....
Je paye aux deux Amans cette reconnoissance ;
Et regrette Clhoé moins que votre alliance.

EPIMENIDE.

Les nobles mouvemens que vous me faites voir ;
Et ce tendre retour, surpassant mon espoir :
Et ne pouvant partir que d'un cœur magnanime,
Ils vous seront garants de toute mon estime.
Allez trouver Misis, ma fille, en cet instant ;
Allez la préparer aux honneurs qu'on me rend ;
Dissipez ses ennuis ; son ame est inquiéte,
Et n'a dans ce moment qu'une joye imparfaite.
Nous, allons prévenir le Sénat en ces lieux,
Et de notre destin rendre graces aux Dieux.

FIN.

APPROBATION.

J'Ay lû par ordre de Monſeigneur le Garde des Sceaux, un Manuſcrit, qui a pour titre : *Le Reveil d'Epiménide, Comédie, avec un Prologue.* A Paris ce 30. Janvier 1735.

JOLLY.

PRIVILEGE DU ROY.

LOUIS, PAR LA GRACE DE DIEU, ROY DE FRANCE ET DE NAVARRE : A nos amez & feaux Conſeillers, les Gens tenans nos Cours de Parlement, Maîtres des Requêtes ordinaires de notre Hôtel, Grand Conſeil, Prevôt de Paris, Baillifs, Sénéchaux, leurs Lieutenans Civils & autres nos Juſticiers, qu'il appartiendra : SALUT. Notre bien amé NICOLAS-FRANÇOIS LE BRETON, Libraire à Paris, Nous ayant fait ſupplier de lui accorder nos Lettres de Permiſſion pour l'impreſſion de deux petits Ouvrages, qui ont pour titre : *Le Reveil d'Epiménide, l'Impromptu de Campagne, Comédies du Sieur Poiſſon ;* offrant pour cet effet de les faire imprimer en bon papier & beaux caracteres, ſuivant la feuille imprimée & attachée pour modele ſous le contreſcel des Preſentes : Nous lui avons permis & permettons par ces Preſentes, de faire imprimer leſdits Livres cy-deſſus ſpecifiés, en un ou pluſieurs volumes, conjointement ou ſéparement, & autant de fois que bon lui ſemblera, & de les vendre, faire vendre, & débiter par tout notre Roiaume, pendant le tems de trois années consécutives, à compter du jour de la date desdites Presentes : Faisons deffenses à tous Libraires, Imprimeurs, & autres personnes de quelque qualité & condition qu'elles soient, d'en introduire d'impression étrangere dans aucun lieu de notre obéissance : à la charge que ces Presentes seront enregistrées tout au long sur le Registre de la Communauté des Libraires & Imprimeurs de Paris, dans trois mois de la date d'icelles; que l'impression de ces Livre sera faite dans notre Roiaume, & non ailleurs; & que l'Impétrant se conformera aux Reglemens de la Librairie, & notamment à celui du 10. Avril 1725. & qu'avant que de les exposer en vente, les Manuscrits ou Imprimés qui auront servi de copie à l'impression desdits Livres, seront remis dans le même état où les Approbations y auront été données, ès mains de notre très-cher & féal Chevalier Garde des Sceaux de France le Sieur Chauvelin; & qu'il en sera ensuite remis deux exemplaires de chacun dans notre Bibliotheque publique, un dans celle de notre Château du Louvre, & un dans celle de notre très-cher & féal Chevalier Garde des Sceaux de France le Sieur Chauvelin : le tout à peine de nullité des Presentes : Du contenu desquelles vous mandons & enjoignons de faire joüir l'Exposant ou ses ayant causes, pleinement & paisiblement, sans souffrir qu'il leur soit fait aucun trouble ou empéchement. Voulons qu'à la copie desdites Presentes, qui sera imprimée tout au long au commencement ou à la fin desdits Livres, foi soit ajoûtée comme à l'Original. Commandons au premier notre Huissier ou Sergent, de faire pour l'exécution d'icelles, tous actes requis & nécessaires sans demander autre permission, & nonobſtant Clameur de Haro, Chartre-Normande, & Lettres à ce contraires; CAR tel eſt notre plaiſir. DONNE' à Paris le 10. jour de Fevrier, l'an de grace 1735. & de notre Regne le vingtiéme. Par le Roy en ſon Conſeil.

Signé, SAINSON.

Regiſtré ſur le Regiſtre IX. de la Chambre Royale des Libraires & Imprimeurs de Paris, N°. 47. *fol.* 40. *conformément aux anciens Reglemens confirmés par celui du* 28. *Février* 1723. *A Paris le* 11. *Février* 1735.

Signé, G. MARTIN, *Syndic.*

De l'Imprimerie de JACQUES GUERIN, 1735.

www.ingramcontent.com/pod-product-compliance
Ingram Content Group UK Ltd.
Pitfield, Milton Keynes, MK11 3LW, UK
UKHW021230230726
13926UKWH00003B/1347